逛巴扎

刘亮程／著　罗玲／绘

山东教育出版社

图书在版编目（CIP）数据

逛巴扎 / 刘亮程著；罗玲绘 . -- 济南：山东教育出版社，
2022. 4

 ISBN 978-7-5701-1956-1

 Ⅰ . ①逛…　Ⅱ . ①刘…　②罗…　Ⅲ . ①散文集 - 中国 - 当代
Ⅳ . ① I267

中国版本图书馆 CIP 数据核字（2022）第 004991 号

逛巴扎
GUANG BAZHA

刘亮程 著　罗玲 绘

主管单位：山东出版传媒股份有限公司
出版人：刘东杰
出版发行：山东教育出版社
地址：济南市市中区二环南路 2066 号 4 区 1 号
邮编：250003
电话：（0531）82092660
网址：www.sjs.com.cn
印 刷：凸版艺彩（东莞）印刷有限公司
版 次：2022 年 4 月第 1 版
印 次：2022 年 4 月第 1 次印刷
开 本：889 mm×1270 mm　1/32
印 张：4
印 数：1—10000
字 数：38 千
定 价：30.00 元

（如印装质量有问题，请与印厂联系调换）
　印厂电话：0769 - 88916888

关于作者

刘亮程，新疆人，著有诗集《晒晒黄沙梁的太阳》，散文集《一个人的村庄》《在新疆》，长篇小说《虚土》《凿空》《捎话》《本巴》，随笔访谈《把地上的事往天上聊》。多篇文章收入中学语文教材，获鲁迅文学奖等奖项。任中国作协散文委员会副主任、新疆作协副主席。2014年入住新疆木垒县菜籽沟村，创建菜籽沟艺术家村落及木垒书院，现在书院过耕读生活。

最后的铁匠

  铁匠比那些城外的农民们，更早地闻到麦香。在库车，麦芒初黄，铁匠们便打好一把把镰刀，等待赶集的农民来买。铁匠赶着季节做铁活，春耕前打犁铧、铲子、刨锄子和各种农机具零件。麦收前打镰刀。当农民们顶着烈日割麦时，铁匠已转手打制他们刨地挖渠的坎土曼了。

  铁匠们知道，这些东西打早了没用。打晚了，就卖不出去，只有挂在墙上等待明年。

吐尔洪·吐迪是这个祖传十三代的铁匠家庭中最年轻的小铁匠。他十三岁跟父亲学打铁，今年二十四岁，成家一年多了，有个不到一岁的儿子。吐尔洪说，他的孩子长大后说啥也不让他打铁了，教他好好上学，出来干别的去。吐尔洪说他当时就不愿学打铁，父亲却硬逼着他学。打铁太累人，又挣不上钱。他们家打了十几代铁了，还住在这些破烂房子里，他结婚时都没钱盖一间新房子。

　　吐尔洪的父亲吐迪·艾则孜也是十二三岁学打铁。他父亲是库车城里有名的铁匠，一年四季，来定做铁器的人络绎不绝。那时的家境比现在稍好一些，妇女们在家做饭看管孩子，从不到铁匠炉前去干活。父亲的一把锤子养活一家人，日子还算过得去。吐迪也是不愿跟父亲学打铁，没干几天就跑掉了。他嫌打铁锤太重，累死累活挥半天才挣几块钱，他想出去做买卖。父亲给了他一点钱，他买了一车西瓜，卸在街边叫卖。结果，西瓜一半是生的，卖不出去。生意做赔了，才又垂头丧气回到父亲的打铁炉旁。

父亲说，我们就是干这个的，祖宗给我们选了打铁这一行都快一千年了，多少朝代灭掉了，我们虽没挣到多少钱，却也活得好好的。只要一代一代把手艺传下去，就会有一口饭吃。我们不干这个干啥去。

吐迪就这样硬着头皮干了下来，从父亲手里学会了打制各种农具。父亲去世后，他又把手艺传给四个弟弟和一个妹妹。他们又接着往下一辈传。如今在库车老城，他们家族共有十几个打铁的。吐迪的两个弟弟和一个侄子，跟他同在沙依巴克街边的一条小巷子里打铁，一人一个铁炉，紧挨着。吐迪和儿子吐尔洪的炉子在最里边，两个弟弟和侄子的炉子安在巷口，一天到晚炉火不断，铁锤叮叮当当。吐迪的妹妹在另一条街上开铁匠铺，是城里有名的女铁匠，善做一些小农具，活儿做得精巧细致。

吐迪说他儿子吐尔洪坎土曼打得可以，打镰刀还不行，欠点儿功夫。铁匠家有自己的规矩，每样铁活都必须学到师傅满意了，才可以另立铁炉去做活。不然学个半吊子手艺，打的镰刀割不下来麦子，那会败坏家族的荣誉。吐迪是这个家族中最年长者，无论说话还是教儿子打镰刀，都一脸严肃。他今年五十六岁，看上去还很壮实。他正把自己的手艺一样一样地传给儿子吐尔洪·吐迪，从打最简单的蚂蟥钉，到打坎土曼、镰刀，但吐迪·艾则孜知道，有些很微妙的东西，是无法准确地传给下一代的。铁匠活儿就这样，锤打到最后越来越没力气。每一代间都在失传一些东西。比如手的感觉，一把镰刀打到什么程度刚好。尽管手把手地教，一双手终究无法把那种微妙的感觉传给另一双手。

还有，一把镰刀面对的广阔田野，各种各样的人。每一把镰刀都会不一样，因为每一只用镰刀的手不一样，每只手的习惯不一样。打镰刀的人，靠一双手，给千万只不一样的手打制如意家什。想到远近田野里埋头劳作的那些人，劲儿大的、劲儿小的，女人、男人、未成年的孩子……铁匠的每一把镰刀，都针对他想到的某一个人。从一块废铁烧红，落下第一锤，到打成成品，铁匠心中首先成形的是用这把镰刀的那个人。在飞溅的火星和叮叮当当的锤声里，那个人逐渐清晰，从远远的麦田中直起身，一步步走近。这时候铁匠手中的镰刀还是一弯扁铁，但已经有了雏形，像一个幼芽刚从土里长出来。铁匠知道它会长成怎样的一把大弯镰，铁匠的锤从那一刻起，变得干脆有力。

这片田野上，男人大多喜欢用大弯镰，一下搂一大片麦子，嚓的一声割倒。大开大合的干法。这种镰刀呈抛物线形，镰刀从把手伸出，朝后弯一定幅度，像铅球运动员向后倾身用力，然后朝前直伸而去，刀刃一直伸到用镰者性情与气力的极端处。每把大镰刀又都有微小的差异。也有怜惜气力的人，用一把半大镰刀，游刃有余。还有人喜欢蹲着干活儿，镰刀小巧，一下搂一小把麦子，几乎能数清自家地里长了多少棵麦子。还有那些妇女们，用耳环一样弯弯的镰刀，搂过来的每株麦穗都不会散失。

打镰刀的人，要给每一只不同的手准备镰刀，还要想到左撇子、反手握镰的人。一把镰刀用五年就不行了，坎土曼用七八年。五年前在这买过镰刀的那些人，今年又该来了，还有那个短胳膊买买提，五年前定做过一只长把子镰刀，也该用坏了。也许就这一两天，他正筹备一把镰刀的钱呢。这两年棉花价不稳定，农民一年比一年穷。麦子一公斤才卖几毛钱。割麦子的镰刀自然卖不上好价。七八块钱出手，就算不错。已经好几年，一把镰刀卖不到十块钱。什么东西都不值钱，杏子一公斤四五毛钱。卖两筐杏子的钱，才够买一把镰刀。因为缺钱，一把该扔掉的破镰刀也许又留在手里，磨一磨再用一个夏季。

　　不论什么情况，打镰刀的人都会将这把镰刀打好，挂在墙上等着。不管这个人来与不来。铁匠活儿不会放坏。一把镰刀只适合某一个人，别人不会买它。打镰刀的人，每年都剩下几把镰刀，等不到买主。它们在铁匠铺黑黑的墙壁上，挂到明年，挂到后年，有的一挂多年。铁匠从不轻易把他打的镰刀毁掉重打，他相信走远的人还会回来。不管过去多少年，他曾经想到的那个人，终究会在茫茫田野中抬起头来，一步一步向这把镰刀走近。在铁匠家族近一千年的打铁历史中，还没有一把百年前的镰刀剩到今天。

只有一回，吐迪的太爷撑锤时，给一个左撇子打过一把歪把子大弯镰。那人交了两块钱定金，便一去不回。吐迪的太爷打好镰刀，等了一年又一年，等到太爷下世，吐迪的爷爷撑锤。他父亲跟着学徒时，终于等来一个左撇子，他一眼看上那把镰刀，二话没说就买走了。这把镰刀等了整整六十七年，用它的人终于又出现了。

在那六十七年里，铁匠每年都取下那把镰刀敲打几下。打铁的人认为，他们的敲打声能提醒远近村落里买镰刀的人。他们时常取下找不到买主的镰刀敲打几下，每次都能看出一把镰刀的欠缺处：这个地方少打了两锤，那个地方敲偏了。手工活就是这样，永远都不能说完成，打成了还可打得更精细。随着人的手艺进步和对使用者的认识理解不同，一把镰刀可以永远地敲打下去。那些锤点，落在多少年前的锤点上。叮叮当当的锤声，在一条窄窄的胡同里流传，后一声追赶着前一声。后一声仿佛前一声的回音。一声比一声遥远、空洞。仿佛每一锤都是多少年前那一锤的回声，一声声地传回来，沿着我们看不见的一条古老胡同。

吐迪·艾则孜打镰刀时眼皮低垂，眯成细细弯镰的眼睛里，只有一把逐渐成形的镰刀。儿子吐尔洪就没这么专注了，手里打着镰刀，心里不知道想着啥事情，眼睛东张西望。铁匠炉旁一天到晚围着人，有来买镰刀的，有闲得没事看打镰刀的。天冷了还是烤火的好地方，无家可归的人，冻极了挨近铁匠炉，手伸进炉火里撩两下，又赶紧塞回袖筒赶路去了。

　　麦收前常有来修镰刀的乡下人，一坐大半天。一把卖掉的镰刀，三五年后又回到铁匠炉前，用得豁豁牙牙，木把也松动了。铁匠举起镰刀，扫一眼就能认出这把是不是自己打的。旧镰刀扔进炉中，烧红、修刃、淬火，看上去又跟新的一样。修一把旧镰刀一两块钱，也有耍赖皮不给钱的，丢下一句好话就走了，三五年不见面，直到镰刀再次用坏。一把镰刀顶多修两次，

铁匠就再不会修了。修好一把旧镰刀，就等于少卖一
把新的。

　　吐迪家的每一把镰刀上，都留有自己的记痕。过
去三十年五十年，甚至一二百年，他们都能认出自己
家族打制的镰刀。那些记痕留在不易磨损的镰刀臂弯
处，像两排月牙形的指甲印，千年以来他们就这样传
递记忆。每一代的印记都有所不同，一样的月牙形指
甲印，在家族的每一个铁匠手里排出不同的形式。没
有具体的图谱记载每一代祖先打出的印记是怎样的形
式。过去几代人数百年后，肯定会有一个后代打在镰
刀弯臂上的印记与某个祖先的完全一致，冥冥中他们
叠合在一起。那把千年前的镰刀，又神秘地、不被觉
察地握在某个人手里。他用它割麦子、割草、芟树枝、

削锨把儿和鞭杆……千百年来，就是这些永远不变的事情在磨损着一把又一把镰刀。

打镰刀的人把自己的年年月月打进黑铁里，铁块烧红、变冷、再烧红，锤子落下、挥起、再落下。这些看似简单、千年不变的手工活，也许一旦失传便永远地消失了，我们再不会找回它。那是一种生活方式。它不仅仅是架一个打铁炉，掌握火候，把一块铁打成镰刀这样简单的一件事，更重要的是打铁人长年累月、一代一代积累下来的那种心理。通过一把镰刀对世界人生的理解与认识，到头来真正失传的是这些东西。

吐尔洪·吐迪家的铁匠铺，还会一年一年敲打下去。打到他跟父亲一样的年岁还有几十年时间呢，到

那时不知生活变成什么样子。他是否会像父亲一样，虽然自己当初不愿学打铁，却又硬逼着儿子去学这门累人的笨重手艺。在这段漫长的铁匠生涯中，一个人的想法或许会渐渐地变得跟祖先一样古老。不管过去多少年，社会怎样变革，人们总会在一生的某个时期，跟远在时光那头的祖先们，想到一起。

吐尔洪会从父亲吐迪那里，学会打铁的所有手艺，他是否再往下传，就是他自己的事了。那片田野还会一年一年地生长麦子，每家每户的一小畦麦地，还要用镰刀去收割。那些从铁匠铺里，一锤一锤敲打出来的镰刀，就像一弯过时的月亮，暗淡、古老、陈旧，却不会沉落。

生意

　　只是不能让自己闲下来。仅仅是这样。生意做到如今已没什么利润。

　　在龟兹古渡西边，一间不足十平方米的低矮房子里，从新疆大学法律系毕业的买买提，在做着不挣钱的剃头生意。他毕业三年了，找不到工作。头两年四处奔波，参加各种招工考试。后来就死心了，开了这间理发店。他上了三年大学，花掉了母亲一生的积蓄，还欠了不少钱。他不想再回到库车河边那帮游手好闲的青年中去。他上了大学，原想能走出库车，跟他们不一样。现在，其实他又变得跟他们一样了，在这条老街的尘土中混日子。

这条不长的街道上开着九家理发店。一个人长长胡子要十天，长长头发要一个多月。那么多剃头刮胡刀等着他们。剃一个头一块钱，刮脸一块五。好多脸一辈子不刮一次。

买买提的剃刀常常闲得生锈。房租一年一千二百块，工商费每月二十块，税务费二十块，水、电费三十五块。买买提一天到晚挣五块十块钱，几乎在白干，但是没这件活儿人就闲住了。他的师傅牙生对他说，人得有件事情在手上，大事小事都行。没钱花穷一点可以过去，没肉吃啃干馕嘛，没事情做这一天可咋过去。买买提才二十五岁，活到跟他师傅牙生一般大，还有四五十年，这可不是个小数字。打发这么多年月得有一件日久天长的大事，可大事在哪呢。靠个小理发店打发这么长的一辈子他真不愿意，但他的师傅牙生就是靠剃头活了一辈子。十五岁学徒，现在

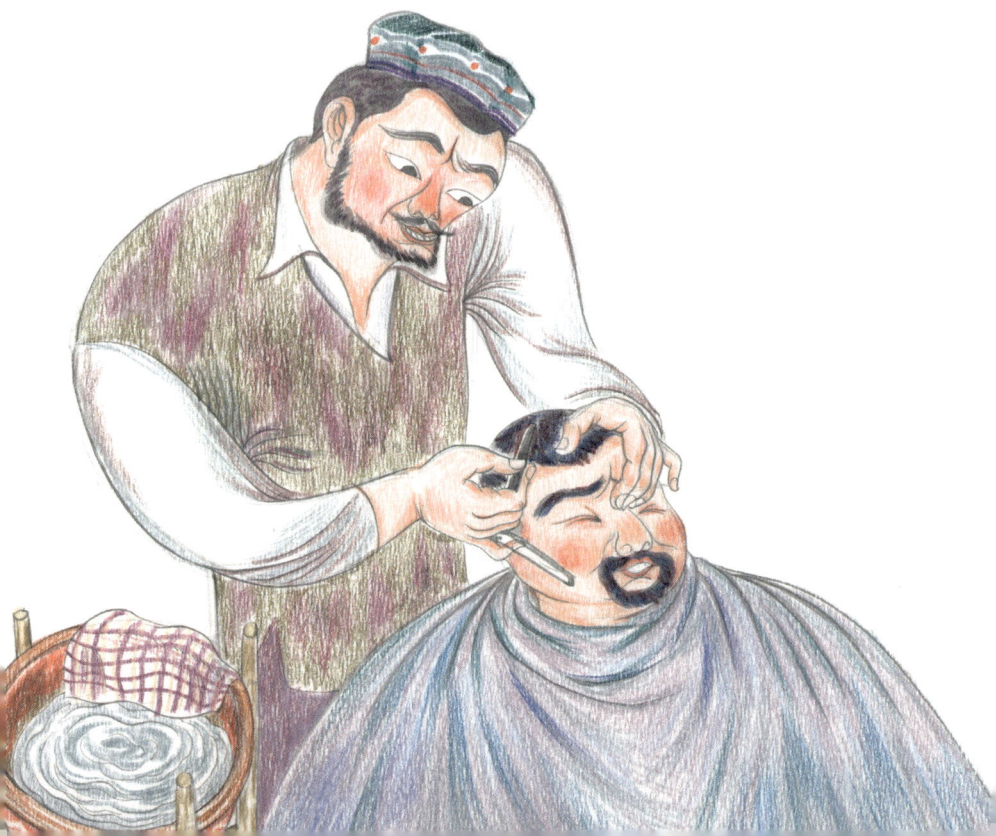

七十五岁，带着几个徒弟，很多老顾客的头，还是他亲自剃。他剃过的头有一半已经不在人世。另一半，从黑发剃到白头。师傅对人头脑里的想法，比买买提知道得多。许多躺在椅子上让他剃头的人，情愿把脑子里的想法说给他听。只要他的剃刀挨近头皮，那些人就会滔滔不绝地说起往事。你看，我哪儿都没去过，守一件剃头的小生意，却知道库车城里的许多事。那些管历史的人都没我知道得多，我只是不说出去，那些来剃头的人都愿把埋了好多年的话说给我听，他们知道我不会说出去。我一天到晚都在理发店，不会闲得没事跑到街上传闲话，这都是我的收获呀。钱嘛，算啥。师傅牙生经常对买买提说，你要有件事情在手上，牢牢守住。

你看那个收旧货的玉素甫，每天一大早，把毛驴车停在巷子口，车上放几个旧录音机、破木箱子，自己躺在一边睡觉。他从不乱跑，不满巷子吆喝。他的毛驴车在巷子口停了许多年了。全库车的人都知道这个巷子口有个收旧货的老头儿，有卖的旧东西他们会自己搬过来，或者说一声让他赶驴车去拉。他把那块地方守住了。毛驴车和车上的几件旧货是他永远不变的招牌。

库车老城里有卖不完的旧东西。从两千年前的汉代马钱、龟兹古币，到明清时期的瓷器，以及伊斯兰风格的各种铜器，还有现代电器、废铁烂桌椅，玉素甫见什么收什么。他知道谁家有哪些东西，哪些东西已经用旧，该换新的了。那些人家的新电视机从巷子口抬进去的时候，玉素甫就知道，这件东西迟早是他的。别看他们几千块钱买来，过不了十年，他几十块钱，甚至几块钱就收购了。他有的是时间等那些东西变旧、变坏。还有他们舍不得卖的老古董，祖传的金银铜器，这需要更长久的耐心等待它们。他从不上门吆喝，他的毛驴车一天到晚停在巷口。家中有旧货的人，从毛驴车旁过来过去，总有耐不住诱惑的，把存藏多年的旧东西抱出来。玉素甫眯缝着眼睛，一直等这个人走近，喊一声，他还不起来，直到人家把东西放下，蹬一脚毛驴车，他才慢腾腾地坐起，睁一睁眼睛。

买买提的理发店斜对面，龟兹古渡桥头，是每个巴扎日的鸡市、鸽子市。买买提经常看见一个长胡子老汉，怀里抱一只鸡，从早坐到晚，还没卖出去。买买提有时替那个老人着急，真想把那只鸡买回来。可是，买买提一天的收入，顶多够买半只鸡。巴扎日也是剃头生意最好的日子，远近村庄的农民，把头发胡子留着，到巴扎上来剃。卖点农产品，吃一碗抓饭，再刮净脸、剃光头，换个人一样地坐毛驴车回去。

一次，买买提问一个来剃头的买卖人。那个长胡子老汉的鸡嘛，他大概是不想卖，一开口要价四十块钱。买卖人说，这个价格是不想出手，他在靠那只鸡熬日子，家里大概就一只鸡。一大早把鸡卖了，剩下一整天他干啥去。晌午把鸡卖了，下午干啥去。这个巴扎日把鸡卖了，下个巴扎日他又干啥去。反正，鸡抱在怀里，又飞不掉。只要坐在那里，总会有人过来跟他说这只鸡的事。有时会有几十个人围着他，讨价还价。有的是真买，有的只是讨讨价，磨磨嘴皮子。就像他怀里有一只压根不卖的鸡，那些人的脑子里，也仅有一个买鸡的想法。无论价杀到多少，都不会掏出钱来。

长胡子老汉兜儿里装着苞谷豆，不时捏出几粒，塞到鸡嘴里。鸡在怀里长肉呢，还是只红花母鸡。说不定熬到下午，下一个蛋，四毛钱又回来了。

桥头除了卖乡下土鸡的，还有卖斗鸡的，装在麻袋或笼子里，样子很凶，见别的鸡就想扑过去。斗鸡售价很高。在库车河边几个隐秘处，每个巴扎日都有玩斗鸡的。玩者往鸡身上押注，在一阵鸡毛乱飞的叼斗中获得输赢。

生意最火的是买卖鸽子。库车维吾尔族人喜欢养鸽、玩鸽。肉鸽五块钱八块钱一只，信鸽和玩赏鸽就无价了。卖鸽的人将鸽子藏在袖筒里，露一个鸽头，其余的全在他的话语里：这只鸽子嘛，飞到天上，翻

几个跟头，直直栽下来，快碰到地了嘛，一抬头，直直地又上去了，鹞子都追不上。卖鸽人不会把鸽子放到天上做这些动作，所有鸽子都靠卖鸽人的嘴，在想象的天空飞舞。还有帮腔的，以更坚定的口吻证明这些话的真实。鸽子只是转动着一对小眼睛，看看人，又看看别的鸽子。人的大话可能进不到它的小耳朵里。炒一只鸽子，就像炒一只股，炒起来就能卖掉，跌到谁手里谁倒霉。

买买提以前跟几个朋友在鸽市上混过，知道那些卖鸽人的把戏。一只鸽子早晨在阿不都的袖筒里，不到中午又到了米吉提的袖筒，下午，它不知又在谁的袖筒里咕咕叫呢。也可能天黑前，又回到阿不都手里。这个过程中有人赚了五块十块，有人赔了两三块，有人不赔不赚。

这种买卖虽有趣好玩，但总觉得不踏实，不是件正经事。那些钱票子，就像鸽子身上掉下的毛，不知啥时会落到自己手里，到手了也还会飘去。鸽市上的人五花八门，弄不好就把自己栽进去。

买买提就是在一个赔了几十块钱的巴扎日下午，离开鸽市走进牙生的小理发店，剃完头，刮过脸，然后就做了牙生的徒弟。那是他大学毕业的第二年秋天。现在，买买提也收了一个小徒弟，十四五岁，小巴郎（男孩）聪明能干，很快就能单独剃头了。一般的活儿，买买提就让徒弟干了，自己靠在背椅上看书，跟顾客聊天。他很少碰到师傅牙生说的"把满脑子想法说给自己听"的那种人，找他理发的人大多沉默寡语，他问一句，人家答一句，不问便没话了。他的小理发店一天到晚静静的，他和小徒弟也很少说话，没活儿干时两个人就面朝窗口看着街，看停在门口待客的毛驴车，有时驴叫声会让他稍稍兴奋。

买买提还没想好该怎样度过一辈子，不能像师傅教导他一样教导自己的徒弟。师傅的所有意图是让他安下心来，把一件事做到底。做到底又能怎么样呢，会不会像师傅牙生一样，握把小剃刀忙了一辈子，没挣上啥钱，只装了一脑子生活道理。这些道理说不上有多好，也说不上有啥不好。那种生活，适合人慢慢地去过。只是买买提还年轻，有许多梦没有醒。俗话说，腿好的时候多走路，牙好的时候多吃肉。买买提腿和牙都好得很，可是，路和肉在哪里。

买买提知道师傅所说的，是老城人都在过的一种最后的生活——当你在外面实在没啥奔头了，回到这条老街的尘土中，做一件小事情，一直到老。况且，人不会一直不停忙地上的俗事，到了一定年龄，你会听到上天的召唤。那时，身边手边的事就不重要了，再大的事都成了小事。

五千个买买提

巴扎日，站在库车河大桥上喊一声买买提，至少有五千个人答应。

维吾尔族人重名多。无论走到南疆哪座城镇、哪个乡村，都有许多叫库尔班、司马义、玉素甫这些名字的人。

叫买买提的人就更多了。

库车老城短短的一条小街上，就有几十个做生意的买买提。这么多买买提怎么区分呢。我的维语翻译库尔班·买买提是县政府退休干部，他父亲就叫买买

喀拉买买提

提。维吾尔族人的起名习惯是把父亲的名字缀在后面。库尔班在库车工作生活了几十年，他认识的买买提就有上千个。一天我们转累了，在老城街边的"买买提饭馆"吃烤包子，然后就听他讲起有关买买提的故事。

这家饭馆的老板就叫买买提，你看，脖子上搭块毛巾，又黑又壮的那个，人们叫他"喀拉买买提"，意思是"黑买买提"。那个倒茶的伙计，白白胖胖的，都叫他"阿克买买提"（白买买提）。

阿克买买提

街对面那两个卖馕的买买提，一大一小，大的叫"琼买买提"（大买买提），小的叫"克齐克买买提"（小买买提）。大家都这样叫，他们也就接受了。要不然没办法，叫一个买买提，过来一群。

还有按职业来区分的。街南边，那个小巷子里打铁的买买提叫"铁匠买买提"。整天穿着制服，在街上收税的买买提叫"工商局买买提"。斜对过的市场里，一排坐着五个鞋匠，其中有两个买买提。如果都叫"鞋匠

032

买买提"，便又分不清了。正好一个从轮台来的，轮台的补鞋生意全叫内地来的鞋匠抢了，他只好跑到库车。人们叫他"买买提比古勒"（轮台的买买提）。库车老城的鞋匠全是维吾尔族人，他们牢牢占据着墙根街角的有利位置，靠一毛钱两毛钱的小生意维持生计。

铁匠买买提

更多的是以外号来区分，这条街上几乎每个人都有外号。

街那头，拐过去那条小巷子里，有个做驴拥子的买买提，有名的酒鬼，做一个驴拥子，能喝掉两瓶酒。他的驴拥子顶多能换回酒钱。所以，做了大半辈子皮活儿，还是个穷光蛋。

他做驴拥子时，酒瓶子酒碗放在身边，缝几针，喝一口。一拃长的大铁针，穿上鞋带一般粗的皮条线，针用得发烫了就伸进酒碗里蘸一下。买他的驴拥子根本不用看，鼻子凑上去闻一下，一股酒香气，压过皮子的膻腥味。这样的拥子驴也爱戴，人自然喜欢买。有趣的是，买买提酒喝得越多，皮活儿做得越细。两瓶酒下肚，身子不晃，手不抖，针脚走得又匀又细，驴拥子上的酒香味也更足。人们给他的外号叫"肖旁"

买买提肯旁

（酿酒房）——买买提肖旁。

还有一个买买提，整天没事干，在街上闲转，看哪家饭馆哪个烤肉摊上有认识的人，就凑上去白吃白喝。人们都叫他"哈勒达"（口袋）。

另外一个爱混饭吃的买买提，混了一个"波劳"（抓饭）的外号。他的真名都没人叫了。

早几年，街上有个卖烤肉的买买提，每逢巴扎日，他的烤肉摊前便摆满卖衣服杂货的地摊。他发现有个卖"卡拉西"（套鞋）的，生意特好，他卖十串烤羊肉，人家就卖两三双套鞋，他过去一打问，人家卖一双套鞋挣的钱，比他卖十串烤肉的利润还高。买买提一下子动心了，烤肉炉子停掉，租了辆卡车，从乌鲁木齐贩了一车"卡拉西"，堆在烤肉炉子旁叫卖。

当地的维吾尔族人喜欢在鞋或靴子外套一双鞋，

主要为了保护皮靴子。套鞋多用橡胶制作，一种圆头的叫"玉德克卡拉西"，套在马靴或皮鞋外面穿。一种尖头的叫"买赛卡拉西"，套在较体面的软底皮靴上，多为老年人和阿訇穿。伊斯兰教徒到清真寺做礼拜，要脱鞋才能进大殿。如果穿高勒皮鞋，外面套套鞋，只需脱掉套鞋便可进入，没穿套鞋的则要全部脱掉。

到维吾尔族人家做客，有穿鞋上炕的习惯，光脚上炕被认为是不礼貌。炕上铺地毯或花毡，穿鞋上去很容易弄脏。所以，有了套鞋便方便了，上炕只需脱掉套鞋就可以了。

那些土巷土路上行走的维吾尔族人，雨天蹚泥，晴天蹚土，幸亏有一双套鞋护着鞋子。维吾尔族人爱惜自己的鞋子，一双好皮靴穿半辈子，套鞋磨破一双又一双，皮靴的底还好好的，跟新的一样。

买买提的那一车套鞋却把自己套了进去，他进价太高，没人要。嗓子都叫哑了，也没卖掉几双。全库车人都知道这条街上有个卖烤肉的买买提，卸了一大车卡拉西在卖，却没人过来买一双，人们给他起了个外号，叫"卡拉西"（套鞋）。尽管他现在早不卖套鞋，又架起炉子卖烤肉了，人们还这样叫他，恐怕要叫一辈子。

还有一些买买提，名字后面缀上自己妻子的名字，就像买买提·阿依古丽，买买提·热依汗。都是些没名气的买买提，一没特长，二没缺陷，不好区别。妻子的名声都比他大，只好把妻子的名字带上，不然就混到千万个买买提中找不见了。

女人的重名更多。库车四十万人，二十万女人，大概有十万个"古丽"（花朵）。要区分起来，比买买提更复杂，也更有意思。好在我们一辈子认识不了多少个古丽，那些千姿百态、争芳斗艳的古丽，见一面就能记住，有多少也不会忘记。

逛巴扎

　　库车的万人巴扎 (集市) 许多年前便在全疆闻名。每逢周五，千万辆毛驴车从远近村镇拥向老城。田地里没人了，村子里空掉了，全库车的人和物产集中到老城街道上。街上盛不下，拥到河滩上。库车河水早被挤到河床边一条小渠沟里，人成了汹涌澎湃的潮水，每个巴扎日都把宽阔的河滩挤满。

　　库车四万头毛驴，有三万头在老城巴扎上，一万头奔走在赶巴扎的路上。一辆驴车就是一个家、一个货摊子。男人坐在辕上赶车，女人、孩子、货物，全在车厢上。车挨车、车挤车，驴头碰驴头，买卖都在车上做。

库车县每星期有七个大巴扎。周五老城巴扎，周六东河塘巴扎，周日牙哈乡巴扎，周一玉奇吾斯塘巴扎，周二阿拉哈格巴扎，周三齐满乡巴扎，周四哈尼喀塔木巴扎，周五又转回老城。

库车的物产，多半就装在那些毛驴车上，不停地在全县转。从一个乡到另一个乡，从一个巴扎到另一个巴扎，把驴蹄子都跑短了。

一筐半生西红柿，转遍七个巴扎回来，就彻底红透了。价格却由原先每斤一块掉到七毛。

半麻袋黄瓜，转上三个巴扎卖不完，剩下的只能喂驴了。

熟透的杏子，一两个巴扎卖不出去，就全烂在筐里。一大早摘的无花果，卖到中午便不能看了。越鲜美的东西就越难留住。

最禁卖的是那些干货：葡萄干、杏干、无花果干，还有麦子、苞米、枣、巴坦木。能从一个巴扎到另一个巴扎，无限期地卖下去。今年的新杏干已经上货，去年前年的旧杏干，还剩在谁手里，摊开、收起，再摊开。

在老城的贫穷日子里，总有一些食物富余到来年卖不出去。想吃它的人没钱，把一口食欲压抑到明年。有钱的人早吃够了。去年冬天，谁的嘴里没嚼上一口酸甜杏干，今年夏天他是不是补上了。

那些各种各样的干果，在轮回的转卖中，在库车特有的烈日和尘土下，渐渐有了一种古旧的色泽，它更耐看了。只是，它的甜不知还在不在里面。一年年的尘土落在上面，却看不见。仿佛那些尘土被它吸收，成了它的一部分。在老城那些世代相传的买卖人手里，有没有半筐一千年前的杏干，一直卖到今天。

　　我有幸一次次地走进老城巴扎。我不买什么东西，也没啥要卖的。我和那些喜欢逛巴扎的维吾尔族人一样，只是逛一种闲情。看哪儿人多，热闹，就凑过去。

　　并不是每个人上巴扎都做生意。

　　每个巴扎都是一个盛大节日。

　　女人在巴扎上主要为了展示自己的服饰和美丽，买东西只是个小小的借口。女人买东西，一个摊位一

个摊位地挑，从街这头到那头，穿过整个巴扎，再转回来，手里才拿着一点点东西。

没事干的男人，希望在巴扎上碰到一个熟人，握握手，停下来聊半天。再往前走，又遇到一个熟人，再聊半天，一天就过去了。聊高兴时说不定被拉到酒馆里，吃喝一顿。

我到巴扎上什么都看，什么声音都听，遇到新鲜事情就蹲下来仔细打问。我觉得，我比那些在巴扎上收税的戴大盖帽的税务员，更了解这些做小买卖的。

当然，巴扎上更多的是热闹，是有意思的事情，我随便写了几件，有兴趣你就看看。谁在巴扎上都有自己的兴趣，别人并不十分清楚。

最小的生意

早晨，我走过沙依巴克街时，看见一位维吾尔族妇女，面前摆着几小把奥斯曼在卖，几个年轻女人围着挑选，已经卖出去一把，收回来五毛钱。我数了数，她总共有七小把奥斯曼，全卖完能收入三块五毛钱，其中的本钱是多少我就不知道了，或许是她自己种的，或许是两三毛钱一把从别处批发的，守一天卖掉，挣一块多钱。

这还不是最小的生意。离她不远，另一位妇女，面前摆着拇指粗细的七八把香菜，一把卖两毛钱，菜叶上洒了水，绿莹莹的。看装束是城里妇女，或许从赶集的农民那里，四毛钱买来一把香菜，再分成更小的七八把，摆在街上卖。

下午我转过来时，见她面前还摆两小把香菜，叶子已经蔫了，看样子卖不掉了。街上人已经不多，她挪动着身子，像有收拾回家的意思，又抱着一点点希望，等着朝这边走来的几个人。

我大概算了算，她这笔买卖，除掉本钱，最多挣八毛钱，还赚了两小把香菜，够晚上做羊肉揪片子用了。可是，她家里有羊肉吗？

还有一个卖针线的小女孩，几十根不同大小的针，插在一顶小花帽上，每根针上穿一截不同颜色的线。一根针卖几分钱，一根一根地卖。

我离开巴扎时，看见那个抱了一只歪葫芦、卖一天没卖掉的老汉还坐在墙根。他看上去表情安静，目光平和地望着街上渐渐散去的人，又像望着更远处我不知道的什么地方。他的歪葫芦在夕阳下发着红色艾得兰斯绸的光泽。我知道这种老式葫芦，已经很少见了，知道它香甜味道的人也可能不多了。

明天后天，这只葫芦和这个老汉，还会出现在周边乡镇的巴扎上。下一个礼拜五，说不定他又转回来，坐在这个墙根，还抱着那只歪葫芦。

我没上前去问那只葫芦的价格。我知道不会太贵，三块两块，就买来了。或许多少钱他都不卖呢。

老式瓜菜

在沙依巴克街的瓜菜市场上，老式的西红柿、甜瓜、土毛桃，矮小的芹菜、萝卜，一筐一筐摆在那里。几十年前我们吃过的那些未经"改良"的瓜菜，几乎都能在这里找到。我看到一位农民，筐里放着几个又小又难看的甜瓜。我觉得眼熟，问名字，"克克奇"。

我小时自家的菜园里就种过这种叫克克奇的小甜瓜，秧扯得不长，瓜也小小的，一棵秧上结三四个。奇甜，还有一种很浓郁的特殊香味。

那时候，在一些人家的小菜园里，总有几样别人家没有的稀罕瓜菜。都是些老品种，靠主人一年年地传种下来。我们家的克克奇，就是母亲每年拣最甜最饱满的瓜留下种子，在窗台上晾干，来年再种，可是后来就再见不到了。我们都不知道是哪一年忘记种了。那种特殊的香甜味，从我们的生活中消失的时候，竟都没有被察觉。

库车这块土地上是否还遗留着一座人类古老的菜园子，我们喜爱的那些在别处早已绝迹的老式瓜果蔬菜全长在那里。

但我知道，那些珍贵的种子，只保存在个别一些农人手里。他们喜爱那些土瓜果，每年在自家菜园种几棵，产量不高，果实也不大，卖不了几个钱。只是自己喜欢那种味道，就一年年地种了下来。如果有一年他们忘记种了，或者，他们仅有的几颗种子叫老鼠偷吃了，一种作物便会从这片土地上消失。

我们培育改良的又大又好看的瓜果长满大地。它们高产，生长期短，适合卖钱，却不适合人吃，它把人最喜爱的那些味道弄丢掉了。改良的结果是，人最终会厌恶土地，它再也长不出人爱吃的东西。

事实就是这样，我们改良成功一种物种，老品种便消失了。没有谁负责为那些老品种留下样种，到最后，我们都不知道人类最初吃的是什么样的东西。

如果改良错了，路走绝了，我们从哪里重新开始。

当年政府用高大的关中驴改良库车小毛驴时，就是因为有许多驴户抵制，许多母驴自发反抗，跑到庄稼地和草湖躲藏起来，才会有可爱的库车毛驴保留到今天。

但作物不会躲藏，它们只有消失，永远消失。

坎土曼的卖法

那些摆在街边待卖的坎土曼，就像维吾尔族人的脸，刃部跟他们的下巴一样尖长。每一只一个样子，整整齐齐摆着。这只被买走了，那只依旧静静待着。它们似乎早就知道自己最终在哪块地里挖卷刃子，所以一点不着急。

卖坎土曼的老人也早知道了自己的命运，他更不着急。坐在摆放整齐的坎土曼后面，双眼微眯。他不吆喝，也不还价。大坎土曼十八块，小的十五块，就这个价钱这个货，没啥好商量的。卖掉一只算一只，卖不掉的，傍晚收回家去，第二天又摆在这块地方。他从不挪窝，错过的人有的是时间再回头。钱不够的人，也有足够的时间去把钱凑够。他唯一要做的一件事就是等。等到坎土曼生锈，落满沙土。等到那些挑剔的人，转遍全库车的铁器摊铺再回来。等到库车河边的引水大渠，被泥沙淤死。又要新开一条百里长渠了，全县一半劳力投入挖渠，坎土曼又一次派上大用处，供不应求。

他的坎土曼按大、中、小三排，在地上摆成整齐的梯形，卖掉一只，他会从铁匠铺进一只补上，卖得再多梯形也不会残缺。这是他的牌子，几十年不变。那些低头转街的人，只要路过这儿，看见坎土曼摆成的梯形，就知道是他的摊子，价格、货都不用问，想买的挑选一只，钱一付就走，不会有任何变动。

那些卖坎土曼的，没有招牌，没有铺子，就街边一小块空地，东西就地一摆，但每个人都摆卖出一种样子，绝不会重复。

你看那个大热天戴皮帽子的老汉，他的坎土曼沿街边摆成一长溜子，从小往大排过去，他蹲在尽头，像一只最大号的坎土曼。买货的人从那头挑选过来，好一阵才能走到这头。

那个光头巴郎（男孩）的坎土曼，一只一只插在地上，好像每一只都正在挖土，远远看去有上百只坎土曼在挖那块地。

而另一位白胡子老汉的坎土曼，也是立在地上卖，却全部刃口向上，仿佛干完了活，全都白刃朝天晒太

阳呢。

　　还有的坎土曼挂在墙上卖，像一张张维吾尔族人的铁青脸谱。

　　只要这条街道不变，卖坎土曼人的摊位就不变，每个摊子上坎土曼的摆法更不会变。一个一个巴扎，一年又一年地摆卖下去，就成了这条老街上的名牌摊铺，全库车人都会知道。远在塔里木河边草湖乡的农民，活儿干累了靠在埂子上，边抽莫合烟边摆弄自己的坎土曼：我这把嘛，是在老城"一长溜子"上买的，快得很，一点点泥巴都不沾。我的坎土曼嘛，另一个说，是在"梯形"那里买的，钢硬得很，挖柴火时当镢头一样用，从来不卷刃子。

能变成钱的东西

各种各样的吃食，冒着香味儿等候那些嘴和肚子。有钱人吃的抓饭、拌面、缸缸肉，没钱人吃的馕、羊杂碎。在以抓饭闻名的乌恰市场，我看见几个妇女卖煮熟的洋芋蛋，两毛钱一个，四毛钱、六毛钱就吃饱肚子——老城的穷人给乡下来的更穷的人们备下简单实在的廉价食物。

赶一天巴扎不能空着手空着肚子回去。

有数的两筐杏子，一麻袋青菜，价格卖好了能吃一盘素抓饭、两个烤包子，卖不好就只有啃自带的干馕子。收成是可以想到的，一年里只有几样东西变成钱：不多的几棵树上的杏子、一小畦没种好的辣子和西红柿。地里的麦子刚够自己吃，埂子上的几行苞谷，早掰掉煮青棒子吃了。屋后的白杨，长粗还得几年。

几只土鸡的蛋，一个个收起来，够不够换茶叶和盐。儿子眼看就长大了，要盖房子娶媳妇。对于大多数人，永远不会有意外的收入。只有可以想到的一些损失：那些杏树中的一两棵，杏花被大风吹远，白长一年。不坐果的杏树，密密麻麻长满叶子，遮阳光、挡风雨，秋天落下来，喂羊喂驴。还有那几亩麦子，种不好一半是草，种再好也不会有富余的粮食，总要损一些养活鸟和老鼠，这些都在意料之中。一年一年，几袋麦子一两只羊，陪伴一家人的日子。父亲老掉了，儿女莫名其妙长大，不会有更多的快乐幸福，但也不会再少。县上的统计报表中，这些贫困村庄的人均收入，少得不能再少。有没有一份报表，统计这些人的笑声。他们一年能笑多少回，今年和去年的笑声，是否一样多，哪一年人们的笑声减少了。有没有人去问问那些忧郁沉默的人，你怎么不笑，怎么好长时间听不见你的笑声了。有没有人去问那些快乐欢笑的人，你高兴什么呢，有什么高兴事让你一年四季笑个不停。

龟兹驴志

库车四十万人口，四万头驴。每辆驴车载十人，四万驴车一次拉走全县人，这对驴车来说不算太超重。民国三十三年（1944）全县人口十万，驴两万五千头，平均四人一驴。在克孜尔石窟壁画中有商旅负贩图，画有一人一驴，驴背驮载着丝绸之类的货物，这幅一千多年前的壁画是否在说明那时的人驴比例：一人一驴。

文献记载，公元三世纪，库车驴已作为运输工具奔走在丝绸古道上。库车驴最远走到了哪里谁也说不清楚。解放初期，解放军调集南疆数十万头毛驴，负粮载物紧急援藏，大部分是和田喀什驴，库车毛驴征去多少无从查实。数十万头驴几乎全部冻死在翻越莽莽昆仑的冰天雪地。库车驴的另一次灾难在五六十年代，当时政府嫌库车驴矮小，引进关中驴交配改良。结果，改良后的驴徒有高大躯体，却不能适应南疆干旱炎热的气候，更不能适应库车田野的粗杂草料，改良因此中止。库车驴这个古老品种有幸保留下来。

在库车数千年历史中，曾有好几种动物与驴争宠。马、牛、骆驼，都曾被人重用，而最终毛驴站稳了脚跟。其他动物几乎只剩下名字，连蹄印都难以找到了。这是人的选择，还是毛驴的智谋？

如今的库车是全疆有名的毛驴大县。每逢巴扎日，千万辆驴车拥街挤巷，前后不见首尾，没有哪种牲畜在人世间活出这般壮景。羊跟人进了城便变成肉和皮子；牛牵到巴扎上也是被宰卖；鸡、鸽子，大都有去无回。只有驴，跟人一起上街，又一起回到家。虽然也有驴市买卖，只是换个主人。维吾尔族人禁吃驴肉，也不用驴皮做皮具，驴可以放心大胆活到老。驴越老，就越能体会到自己比其他动物活得都好。

　　库车看上去就像一辆大驴车，被千万头毛驴拉着。除了毛驴，似乎没有哪种机器可以拉动这架千年老车。

　　在阿斯坦街紧靠麻扎的一间小铁匠房里，九十五岁的老铁匠尕依提，打了七十多年的驴掌，多少代驴在他的锤声里老死。尕依提的眼睛好多年前就花了，他戴一副几乎不透光的厚黑墨镜，闭着眼也能把驴掌打好，在驴背上摸一把，便知道这头驴长什么样的蹄子，用多大号的掌。

他的两个儿子在隔壁一间大铁匠房里打驴掌，兄弟二人又雇了两个帮工的，一天到晚生意不断。大儿子一结婚便跟父亲分了家，接着二儿子学成手艺单干，剩老父亲一人在那间低暗的小作坊里摸黑打铁。只有他们俩知道，父亲的眼睛早看不见东西了，当他戴着厚黑墨镜，给那些老顾客的毛驴钉掌时，他们几乎看不出尕依提的眼睛瞎了。两个儿子也从没把这件事告诉任何人，让人知道了，老父亲就没生意了。

尕依提对毛驴的了解，已经达到了多么深奥的程度，他让我这个自以为"通驴性的人"望尘莫及。他见过的驴，比我见过的人还多呢。

早年，库车老城街巷全是土路时，一副驴掌能用两三个月，跟人穿破一双布鞋的时间差不多。现在街道上铺了石子和柏油，一副驴掌顶多用二十天便磨坏了。驴的费用猛增了许多。钉副驴掌七八块钱，马掌十二块钱。驴车拉一个人挣五毛，拉十五个人，驴才勉强把自己的掌钱挣回来。还有草料钱、套具钱，这些挣够了才是赶驴车人的饭钱。可能毛驴早就知道，它辛辛苦苦也是在给自己挣钱。赶车人只挣了个赶车钱，车的本钱还不知道找谁算呢。

　　尤其老城里的驴车户，草料都得买，一公斤苞谷八毛钱，贵的时候一块多。湿草一车十几块，干草一车二三十块。苜蓿要贵一些，论捆子卖。不知道驴会不会算账。赶驴车的人得掰着指头算清楚，今年挣了多少，花了多少。老城大桥下的宽阔河滩是每个巴扎日的柴草集市，上千辆驴车摆在库车河道里。有卖干梭梭柴的，有卖筐和芨芨扫帚的，再就是卖草料的。买方卖方都赶着驴车，有时一辆车上的东西跑到另一辆车上，买卖就算做成了。空车来的实车回去。也有卖不掉的，一车湿草晒一天变成蔫草，又拉回去。

驴跟着人屁股在集市上转，驴看上的好草人不一定会买，驴在草市上主要看驴。上个巴扎日看见的那头白肚皮母驴，今天怎么没来，可能在大桥那边，堆着大堆筐子的地方。驴忍不住昂叫一声，那头母驴听见了，就会应答。有时一头驴一叫，满河滩的驴全起哄乱叫，那阵势可就大了，人的啥声音都听不见了，耳朵里全是驴声，吵得买卖都谈不成。人只好各管各的牲口，驴嘴上敲一棒，瞪驴一眼，驴就住嘴了。驴性情活泛，跟人一样，是懂得享乐的好动物。

驴在集市上看见人和人讨价还价，自己跟别的驴交头接耳。拉了一年车，驴在心里大概也会清楚人挣了多少，会花多少给自己买草料，花多少给老婆孩子买衣服吃食。人有时自己花超了，钱不够了，会拍拍驴背：哎，阿达西（朋友），钱没有了，苜蓿嘛就算了，拉一车干麦草回去过日子吧。驴看见人转了一天，也没吃上抓饭、拌面，只啃了一块干馕，也就不计较什么了。

毛驴从一岁多就开始干活，一直干到老死，毛驴从不会像人一样老到卧榻不起要别人照顾。驴老得不行时，眼皮会耷拉下来，没力气看东西了，却还能挪动蹄子，拉小半车东西，跑不快，像瞌睡了。走路迟迟缓缓，还摇晃着，人也再不催赶它，由着驴性子走，走到实在走不动，驴便一下卧倒在地，像一架草棚塌了似的。驴一卧倒，便再起不来，顶多一两天，就断气了。

驴的尸体被人拉去埋了，埋在庄稼地或果树下面，这片庄稼或这棵果树便长势非凡，一头驴在下面使劲呢。尽管驴没有坟墓，但人在好多年后都会记得这块地下埋了一头驴。

四万头毛驴，四万辆驴车的库车，几乎每条街每个巷子都有钉驴掌的铁匠铺。做驴拥子、套具的皮匠铺在巷子深处。皮匠活儿臭，尤其熟皮子时气味更难闻，要躲开街市。牛皮套具依旧是库车车户的抢手货，价格比胶皮腈纶套具都贵。尽管后者好看，也同样结实。一条纯牛皮襻二十块、二十五块钱。胶皮车襻顶多卖十五块。

在老城，传统的手工制品仍享有很高地位。工厂制造的不锈钢饭勺，三块钱一把，老城人还是喜欢买五六块钱一把的铜饭勺。这些手工制品，又厚又笨，却经久耐用。维吾尔族人对铜有特别的喜好，他们信赖铜这种金属。手工打制的铜壶，八十元、一百元一只，比铝制壶贵多了，他们仍喜欢买。尽管工厂制造的肥皂，换了无数代了，库车老城的自制土肥皂，扁圆的一坨，三块钱一块，满街堆卖的都是。让它们退出街市，还要多少年工夫，可能多久也不会退出，就像他们用惯的小黑毛驴。即使整个世界的交通工具都用四个轮子驱动了，他们仍会用这种四只小蹄的可爱动物。

在新疆，哈萨克族人选择了马，汉族人选择了牛，而维吾尔族人选择了驴。一个民族的个性与命运，或许跟他们选择的动物有直接关系。

如果不为了奔跑速度，不为征战、耕耘、负重，仅作为生活帮手，库车小毛驴或许是最适合的，它体格小，前腿腾空立起来比人高不了多少，对人没有压力。常见一些高大男人，骑一头比自己还小的黑毛驴，嘚嘚嘚从一个巷子出来，驴屁股上还搭着两褡裢（布袋）货物，真替驴的小腰身担忧，驴却一副无所谓的样子。驴骑一辈子也不会成罗圈腿，它的小腰身夹在人的两腿间大小正合适。不像马，骑着舒服，跑起来也快，但骑久了人的双腿就顺着马肚子长成括弧形了。

库车驴最好养活，能跟穷人一起过日子。一把粗杂饲草喂饱肚子，极少生病，跟沙漠里的梭梭柴一样耐干旱。

在南疆，常见一人一驴车，行走在茫茫沙漠戈壁。前后不见村子，一条模糊的沙石小路，撇开柏油大道，径直地伸向荒漠深处。不知那里面有啥好去处，有什么好东西吸引驴和人，走那么远的荒凉路。有时碰见他们从沙漠出来，依旧一人一驴车，车上放几根梭梭柴和半麻袋疙疙瘩瘩的什么东西。

　　一走进村子便是驴的世界，家家有驴。每棵树下拴着驴，每条路上都有驴的身影和踪迹。尤其一早一晚，下地收工的驴车一长串，前吆后喝，你追我赶，一幅人驴共世的美好景观。

　　相比之下，北疆的驴便孤单了。一个村子顶多几头驴，各干各的活儿，很难遇到一起撒欢子。有时要奔过田野荒滩，到别的村子找配偶，往往几个季节轮空了。在北疆的乡村路上很难遇见驴，偶尔遇见一头，神色忧郁，垂头丧气的样子，眼睛中满是末世忧患，似乎驴心头上的事儿，比肩背上的要沉多少倍。

库车小毛驴保留着驴的古老天性，它们看上去是快乐的。撒欢子，尥尕子，无所顾忌地鸣叫，人驴已经默契到好友同伴的地步。幽默的库车人给他们朝夕相处的小毛驴总结了五个好处：

一、不用花钱。

二、嘴严。跟它一起干了啥事它都不说出去。

三、没有传染病。

四、干多久活儿它都没意见。

五、你干累了它还把你驮回家去。

在库车两千多年的人类历史中，小黑毛驴驮过佛经，驮过古兰经。我们不知道驴最终会信仰什么。

骑在毛驴背上的库车人，自公元前三四世纪起信仰佛教，广建佛寺，遍凿佛窟。当时龟兹国三万人口，竟有五千佛僧，佛塔庙千所，乃丝绸北道有名的佛教中心。葱岭以东的王族妇女都远道至龟兹的尼寺内修行。毛驴是那时的重要交通工具，驮佛经又驮佛僧，还驮远远近近的拜佛人。相传高僧鸠摩罗什常骑一头脚心长白毛的小黑毛驴，手捧佛经，往来于西域各国。在西域历史上，佛教与伊斯兰教，制造了两次生命与精神的大集合。过了一千多年，毛驴依旧是主要的交通工具。常见阿訇手捧《古兰经》，骑一头小黑毛驴，往返于清真寺之间，样子跟当年的鸠摩罗什没啥区别。那头小黑毛驴没变，驴上的人没变，只是手里的经变了。不知毛驴懂不懂得这些人世变故。

无论佛寺还是清真寺，都在召唤人们到一个神圣

去处，散乱的人群需要一个共同的心灵居所，无论它是上天的神圣呼唤，还是一头小黑毛驴的天真鸣叫。

一口枯井和两棵榆树

　　克孜尕哈千佛洞仅有的两棵榆树生虫子了，一种细长的毛毛虫，把一棵树的叶子吃光，往另一棵树上爬。守佛窟的阿木提急坏了，从家里抱来一只花母鸡，放在树杈上，想让鸡帮忙把虫子吃了。可是，鸡好像被满树的虫子和这个光秃秃的山谷吓坏了，窝在树杈上一动不动。阿木提把它的嘴按在虫子上它都不叼一下。哪来的虫子啊，这个寸草不生的干沟里，怎么会有虫子，方圆几公里都是光秃秃的石头滩，虫子咋知道这个山沟里有两棵榆树呢。阿木提说，虫子可能是乘着拉水的车从村子里带来的，也可能趴在人的脊背上来的，反正虫子突然就爬满树。他的儿子阿不都热和曼到县城买农药去了，再不把虫子杀死，两棵树就完蛋了。

这个干得土都冒烟的荒山沟里，到处是佛窟遗址，沟里两间小砖房，是看守人住的。分布在半山腰的佛窟都安了木门，每个门上吊两把锁，守佛窟的阿木提管一把，县文管所的人管一把。有来观看佛窟的游客，文管所的人从县上过来，和阿木提一起打开佛窟的门。平常时候沟里只有阿木提一个人。阿木提对这些佛窟和壁画一点都不稀奇，早年，佛窟没保护的时候，附近村里的人只是把它们当成有画的山洞，阿木提小时候经常到佛窟里玩，有的洞窟还被当成羊圈。

阿木提守护克孜尔哈千佛洞已经有十七年了，他刚来时，这两棵榆树还没有一人高，是一个叫托乎提牙加甫的守窟人栽的，这个人可能在山沟里待急了，想不出排遣寂寞的好办法，就从村子里扛来两棵小树苗，像在村子里栽树一样，挖一个浇水渠沟，间隔两米，把树苗栽进去。可是，这可把麻烦栽下了，山沟里没有一滴水，人喝的水和浇树的水，都要到七八里外的村子去拉。那个托乎提牙加甫没看到树苗长高就离开佛窟，后来又从村子找了几个看守佛窟的人，都是没干几个月，耐不住寂寞，不干了。但这几个守佛窟的人都没让小榆树旱死，有人喝的水，就有树喝的水。到阿木提看守佛窟时，两棵榆树已经扎稳了根，但还是小小的。让阿木提想不到的是，他在佛窟的十七年间，除了偶尔来游客了招呼一下，其余最主要的工作竟是照顾这两棵榆树。现在榆树已经有房子高了。阿木提说，我养个儿子，到了十七也能自己生活了。可是这两棵树，越大越依赖人，这么多年，为了给树浇水，一家人的精力都耗进去了。早些年用毛驴车拉水，三四天拉一趟，那时树小，喝水也不多。后来家里有了小四轮拖拉机，树也长大了，一周拉一次，二百八十公斤的大桶，装三桶水，勉强够人和树用一周。

我们现在害怕这两棵树了，阿木提说，它要再长大，我们就养活不起了。早年，树小小的时候，我们盼着它快长，长大了好乘凉。山沟里的土贫瘠，我从家里拉来羊粪，给树施肥。可是，树一年年长大，用的水也一年年增多，我们不敢让它长了。有好几年，再没给它施肥，只是每周按时浇一次水，保证不让它旱死。我们养活了它十几年，就跟我们的家人一样了。

为了给树浇水他们还挖了一口井。那是在 1993

年 11 月，父子俩准备好绳索工具，开始在僵硬的干土中挖井，挖到第二年 3 月，挖了二十七米深，挖出来的依旧是干土，没有一点有水的意思。父子俩不死心，还要往下挖，这时候，新来的一个主任阻止了他们，说再挖下去太危险，万一塌方出了人命，谁承担。阿木提说，以前管佛窟的阿不拉主任很支持他们。要是阿不拉主任还在，不下台，他们计划挖到八十米深，提土的绳子都是按这个深度买的。挖到八十米再不出水，他们就彻底死心了。

现在，这口没挖出水的枯井，也成了克孜尔哈千佛洞的文物，来看佛窟的人，都要到井口探望一番。为防有人掉下去，井口钉了木板，封了。我和阿木提就蹲在井口的木板上，说着井和那两棵树的事。阿木提捡一个小石头，从木板缝扔下去，好久，石子落到

井底的声音才传上来。阿木提不懂汉语，他看我拿着本子和笔，就知道我要问树和井的事。以前来的记者已经问过无数次，也在媒体上报道过。阿木提一口气说了很多话，古丽花好长时间才给我翻译完。我又问了两句有关佛窟的事，阿木提望了望我，可能他觉得，佛窟的事，应该文管所的人说。他只知道树和井的事。我说，你知道这些洞是谁挖的？以前的人。阿木提说。以前你们的祖先也信过佛，你知道吗？阿木提直摇头。

看来佛窟的事阿木提确实说不清楚。他只知道看护好佛窟。早先文管所每月给他发四百三十二块钱，现在涨到六百块。至于这两棵树的费用，全由阿木提一家无偿承担，树不是文物，也不会有护养费。它的成长与死活只有阿木提一家人操心了，树不可能在几十米厚的干土层中找到水分。它们长得越大，耗水越多。这是永远要靠人养活的两棵树，阿木提一家每年从两棵树上的收获仅仅是，秋天树叶黄落了，阿木提把叶子扫起来，装大半袋子，扔到拉水的拖拉机上，捎回家喂羊。有时风把落叶刮到荒山坡，树下剩稀稀拉拉的几片，阿木提也就不扫了。阿木提一家也不富裕，能把这两棵树养到啥时候，也不知道，也许过几年我再来，树死了。也许没死，还长高了一截子。反正，我看这两棵树，迟早要县财政拨一点款，和佛窟一起把它们养起来。佛和这两棵植于干土中的树一样，都需要人养。佛在库车被供养了一千多年，人们不再供养佛的时候，山体上就只剩千疮百孔的佛窟。树也一样，你把它植在不适合生长的干土中，你就得去养。养到养烦、养不起、没人养了，也就死掉了。

　　但愿克孜尔哈千佛洞的两棵榆树不会死掉。

驴 叫

　　驴叫是红色的。全村的驴齐鸣时村子覆盖在声音的红色拱顶里。驴叫把鸡鸣压在草垛下，把狗吠压在树荫下，把人声和牛哞压在屋檐下。狗吠是黑色的，狗在夜里对月长吠，声音飘忽悠远，仿佛月亮在叫。羊咩是绿色的，在羊绵长的叫声里，草木忍不住生发出翠绿嫩芽。鸡鸣是白色的，鸡把天叫亮后，便静悄悄了。

　　也有人说黑驴的叫声是黑色的，灰驴的叫声是灰色的。都是胡说。驴叫刚出口时，是紫红色，白杨树干一样直戳天空，到空中爆炸成红色蘑菇云，向四面八方覆盖下来。驴叫时人的耳朵和心里都充满血，仿佛自己的另一个喉咙在叫。人没有另一个喉咙。人的声音低哑地混杂在拖拉机、汽车和各种动物的叫声中。

拖拉机的叫声没有颜色，它的皮是红色，也有绿皮的，冒出的烟是黑色，跑起来好像有生命，停下就变成一堆死铁。拖拉机到底有没有生命狗一直没弄清楚，驴也一直没弄清楚，驴跟拖拉机比叫声，比了几十年，还在比。

拖拉机没到来前，驴是阿不旦声音世界的王。驴鸣朝四面八方，拱圆地膨胀开它的声音世界。驴鸣之外一片寂静。寂静是黑色的，走到尽头才能听见它。

驴顶风鸣叫。驴叫能把风顶回去五里。刮西风时阿不旦全村的驴顶风鸣叫，风就刮不过村子。

下雨时驴都不叫。阿不旦村很少下雨。毛驴子多的地方都没有雨。驴不喜欢雨，雨直接下到竖起的耳朵里，驴耳朵进了水，倒不出来，甩头，打滚，耳朵里水在响，久了里面发炎，流黄水。驴耳朵聋了，驴便活不成。驴听不到自己的叫声，它拼命叫，直到嗓子叫烂，喉咙鸣断。

所以，天上云一聚堆，驴就仰头鸣叫。驴叫把云冲散，把云块顶翻。云一翻动，就悠悠晃晃地走散。民间谚语也这么说：若要天下雨，驴嘴早闭住。

聪明的狗会借驴劲。驴叫时，狗站在驴后面，嘴朝着驴嘴的方向，驴先叫，声音起来后狗跟着叫，狗叫就爬在了驴叫上，借势蹿到半空。然后狗叫和驴叫在空中分开，狗叫落向远处，驴鸣继续往高处蹿，顶到云为止。

人喊人时也借驴声。从村里往地里喊人，人喊一嗓子，声音传不到村外。人借着驴叫喊，人声就骑在驴鸣上，近处听驴叫把人声压住了，远处听驴叫是驴叫，人声是人声，一个驮着一个。

驴叫就像一架声音的车，拉着阿不旦村所有声音往天上跑，好多声音跑一截子跳下来，碎碎地散落了，剩下驴叫孤独地往上跑，跑到驴耳朵听不到的地方。

驴师傅阿赫姆说，每声驴叫都是一个拔地而起的桩子，桩子上拴着人住的房子、驴圈羊圈、庄稼、鸡狗和人。

驴叫让阿不旦村高大、宏伟、顶天立地。驴叫时村庄在天地间呈现出一头看不见的驴的样子。狗吠时村庄像狗跑一样扯展身子。鸡鸣中村庄到处是窟窿和口子，鸡的尖细鸣叫在穿针引线地缝补。而在牛哞的温厚棉被里，村庄像一个熟睡的孩子。

这个声音做的村子，庄稼的生长像尘土一样安静，母亲喊孩子的细长叫声将村子拎到半空，在铁匠铺大锤小锤叮叮当当的敲打声里，驴蹄声滴嘀嗒嘀嗒，大卡车轰隆隆，拖拉机的突突声像一截木头硬捣在空气里，摩托车的声音像一个放不完的长屁，自行车的铃铛声像一串白葡萄熟了，高音喇叭里的说话声，像没打好的雷声，又像一棵高高的白杨树往下倒，嘎巴嘎巴响，在哪儿卡住了，倒不下来。

村子的声音像一棵模样古怪的老榆树，蹲下听到声音的主干，粗壮静默。站着听到声音的喧哗枝叶。上到房顶，听到声音的梢，飘飘忽忽，直上云中。

往远处走村庄的声音一声声丢失。鸡鸣五更天，狗吠十里地。二里外听不见羊咩，三里外听不见牛哞，人声在七里外消失，剩下狗吠驴鸣。在远处听村庄是狗和驴的，没有人的一丝声息。更远处听狗吠也消失了，村庄是驴的。在村外河岸边张旺才家的房顶上听，村庄所有的声音都在。张旺才家离村子二里地，村里的鸡鸣狗吠驴叫和人声，还有开门关门的声音都在他的耳朵里。他家的狗吠人声也在村里人的耳朵里。

　　我走到阿不旦村边时突然听到驴叫。我好久听不到声音，我的耳朵被炮震聋了。前天，在矿区吃午饭时，我看见一个工友在喊我，朝我大张嘴说话，挥手招呼，我走到跟前才隐约听见他在喊："阿不旦、阿不旦，广播里在说你们阿不旦村出事了。"他把收音机贴到我的耳朵上，我听着里面就像蚊子叫一样。

"你们阿不旦村出事了。"他对着我的耳朵大喊，声音远远的，像在半里外。

我从矿山赶到县城，我母亲住在县城医院的妹妹家。我问母亲阿不旦到底出啥事了，我看见母亲对着我说话。我说，"妈你大声点我听不清。"母亲瞪大眼睛望着我，她的儿子出去打了两年工，变成一个聋子回来，她着急地对着我的耳朵喊，我听着她的喊声仿佛远在童年。她让我赶紧到医院去治，"你妹妹就在医院，给你找个好医生看看。"我说去过医院了，医生让我没事就回想脑子里以前的声音。"医生说，那些过去的声音能唤醒我的听觉。"我喊着对母亲说。我听见我的喊声也远远的，仿佛我在另外的地方。

母亲不让我回村子。她说村子都戒严了。我说，我还是回去看看我爸。母亲说，那你千万要小心，在家待着，别去村子里转。我啊啊地答应着。

我从县城坐中巴车到乡上，改乘去村里的三轮摩托。以前从乡里到村里的路上都是驴车。现在也有驴车在跑，但坐驴车的人少了。驴车太慢。

三轮车斗里坐着五个人，都是阿不旦村人，我向他们打招呼，问好。坐在我身边的买买提大叔看着我说了几句话，我只听清楚"巴郎子"三个字。是在说我这个巴郎子回来了，还是说，这个巴郎子长大了。还是别的。我装着听清了，对他笑笑。早年我父亲张旺才听村里人跟他说话，第一个表情也是张嘴笑笑，父亲不聋，但村里人说的话他多半听不懂，就对人家笑，不管好话坏话他都傻笑。我什么话都能听懂，父亲张旺才的河南话，母亲王兰兰的甘肃武威话，村里人说的龟兹话，我都懂。母亲说我出生后说的第一句话不是汉语是龟兹语。我不光能听懂人说的话，还能听懂驴叫牛哞鸡鸣狗吠。现在我啥都听不清。我不想让他们知道我聋了，别人出去打工都是挣钱回来，我钱没挣上，变成一个聋子回来。这是一件丢人的事情。

车上人挤得很紧，我夹在买买提和一个胖阿姨中间，他们身上的味道把我夹得更紧。我从小在这种味道里长大，以前我身上也有和他们一样的味道，现在好像淡了，我闻不到。可能别人还能闻到，别处的人还会凭嗅觉知道我是从哪来的。没办法，一个人的气味里带着他从小吃的粮食、喝的水、吸的空气，还有身边的人、牲畜、果木以及全村子的味道，这是洗不掉的。三轮车左右晃动时，夹着我的气味也在晃动，我的头有点晕，耳朵里寂寂静静的，车上的人、三轮车、车外熟悉的村庄田野，都没有一点声音。

到村头，我跳下车，向他们笑了笑，算打招呼。
我站在路边朝村子里望，看见村中间柏油路上停着一
辆警车，警灯闪着。路上没有行人，也没有驴车，也
不见毛驴，也没驴叫。往年这季节正是驴撒野的时候，
庄稼收光了，拴了大半年的驴都撒开，聚成一群一群。
那些拉车的驴，驮人的驴，都解开缰绳回到驴群里，
巷子和马路成了驴撒欢的地方，村外打麦场成了驴聚
会的场所，摘完棉花的地里到处是找草吃的毛驴。驴
从来不安心吃草，眼睛盯着路，见人走过来就偏着头
看。我经常遇见偏着头看我的驴，一直看着我走过去，
再盯着我的背影看。我能感到驴的目光落在后背上，
一种鬼鬼的好像来自另一个世界的注视。我不回头，
我等着驴叫。我知道驴会叫。驴叫时我的心会一起上

升，驴叫多高我的心升多高。

今年的毛驴呢？驴都到哪去了。村庄没有驴看着不对劲，好像没腿了。在我小时候的记忆里，村庄是一个长着几千条驴腿的东西，人坐在驴车上，骑在驴背上，好多东西装在驴车上，驮在驴背上，千百条驴腿在村庄下面动，村子就跟着动起来，房子、树、路跟着动起来，天上的云一起动起来。没有驴的阿不旦村一下变成另外的样子，它没腿了，卧倒在土里。

我母亲说我是驴叫出来的。给我接生的古丽阿娜也这样说，母亲生我时难产，都看见头顶了，就是不出来，古丽阿娜着急得没办法，让我妈使劲。我妈早喊叫得没有力气，去县上医院已经来不及，眼看着我就要憋死在里面。这时候，院子里的驴叫开了，"昂——

叽昂叽昂叽"——古丽阿娜这样给我学驴叫。一头一叫，邻居家的驴也叫开了，全村的驴都叫起来。我在一片驴叫声里降生。

"驴不叫，你不出来。"古丽阿娜说。

我出生在买买提家的房子，阿依古丽给我接生，她剪断我的脐带，她是我的脐母。我叫她阿娜（阿姨）。我在阿娜家住到三岁，她把我当她的孩子，教我说龟兹语，给我馕吃，给我葡萄干。那时我父亲张旺才正盖房子，我看见村里好多人帮我们家盖房子。我记住夯打地基的声音，"腾、腾"，那些声音朝地下沉，沉到一个很深的地方，停住。地基打好了，开始垒墙，我记得他们往墙上扔土块和泥巴，一个人站在高高的墙头，一个人在墙下往上扔土块，扔的时候喊一声，喊声和土块一起飞上天。抹墙时我听见往墙上甩泥巴的声音，"叭、叭"，一坨一坨的泥巴甩在裸墙上又被抹平。声音没法被抹平，声音有形状和颜色。

　　我小时候听见所有声音都有颜色，鸡叫是白色，羊咩声绿油油，是那种春天最嫩的青草的颜色，老鼠叫声是土灰色，蚂蚁的叫声是土黄色，母亲的喊声是米饭和白面馍馍的颜色，她黄昏时站在河岸上叫我。那时我们家已经搬出村子住在了河岸，我放学在村里玩忘了时间，她喊我回家吃饭。我听见了就往家走，河边小路是我一个人走出来的，我有一条自己的小路。我几天不去村里学校，小路上就踏满驴蹄印。我喜欢驴蹄印，喜欢跟在驴后面走，看它扭动屁股，调皮地甩打尾巴，只要它不对我放屁。

　　我的耳朵里突然响起驴叫。像从很远处，驴鸣叫着跑过来，叫声越来越大。先是一头驴在叫，接着好多驴一起叫。驴叫是红色的，一道一道声音的虹从田野村庄升起来。我四处望，望见红色驴鸣声里的阿不旦村，望见河岸上我们家孤零零的烟囱。没有一头驴。我不知道阿不旦的驴真的叫了，还是，我耳朵里以前的驴叫声。

　　我听了母亲的话没有进村。从河边小路走到家，就一会儿工夫。我们家菜地没人，屋门朝里顶着，我推了几下，推开一个缝，手伸进去移开顶门棍，我知道父亲在他的地洞里，我走进里屋，掀开盖在洞口的纸箱壳，嘴对着下面喊了一声。我听不见我的声音，也听不见喊声在洞里的回响。我知道父亲会听见，听见了他会出来。

　　我坐在门口看河，河依旧流淌着，却没有声音了，河边的阿不旦村也没有一丝声音，这个村庄几天前出了件大事，它一下变得不一样。也许是我变得不一样，我的耳朵聋了。

木卡姆艺人

　　我认识的木卡姆艺人吐尼亚孜死了。我本来要去老城看他，宣传部的人说，吐尼亚孜已经不在了。怎么会呢，我记得他才五十多岁，身体壮实，怎么说没有就没有了。

　　2001 年我写《库车行》时，就想写吐尼亚孜，他是库车有名的木卡姆演唱艺人，脑子里有几万个木卡姆歌词，十天十夜都唱不完。他还会敲制铜壶，每个巴扎都去库车河边玩斗鸡，还和人玩没完没了的托包克游戏。他有两个二十多岁的儿子，一个和别人打架，残废了，一个没工作，在家闲待着。吐尼亚孜靠自己的手艺养活一家人。我翻看那时和吐尼亚孜交谈的笔记，好几页，还有已经写成文的片段，我记不清为何放弃了去写这个老艺人，而选择了老城里的那些铁匠、理发师、乞丐以及赶驴车的普通人。我来库车的第一天就有幸听到他的演唱。我还请他吃过一顿饭，在老城街边的饭馆里，吃烤肉拌面。我备了酒，但吐尼亚孜不喝酒。我原想和他喝点酒，听他敞开说话，就像我在塔里木河边，和几个维吾尔族朋友彻夜喝酒聊天一样，那是我喝得最尽兴的一场酒，在塔里木草湖乡唯一的小酒馆里，我的同行睡一觉醒来看见我们还在喝酒，他一闭眼睡过去，再一觉醒来我们还在喝酒。我们就在他的睡睡醒醒间，把一地的酒瓶子喝倒了。酒喝到天快亮时，我似乎不用翻译，就能直接听懂他们说话，我竟然也能说出一些平时从不会说的维吾尔语。我大着胆子用维吾尔语和他们交流，他们吃惊地看着我，这个天黑前只会说一句"亚克西"的汉族人，跟他们喝了半夜酒竟会说维吾尔语了。确实这样，若再有一些那样的夜晚，我就会变成他们中间的一个，听懂他们的语言，流利地说他们的话。可是，我没有把更多的夜晚，留在塔里木河边。

吐尼亚孜不沾酒，但喝一口茶就会兴奋，他用维吾尔语，夹杂一些汉语词，说起话来就停不住，像唱歌一样有激情。我装着听懂的样子，不住点头，等他说的停顿了，再看一眼翻译，听翻译把他的话用汉语说一遍。翻译过来的东西一开始就让我失望，我看吐尼亚孜的说话神采和优雅的声音，以为他肯定在大谈木卡姆艺术，谈人生和哲学，翻译成汉语却是：县上经常把他们叫去给客人和领导演唱，每次才给五十块钱，平时一点钱不给，用的时候才想起他，像我这样的艺术家，库车城里没几个，县上应该发工资把我们养起来，让我们有肉吃，吃饱肚子，把我们脑子里的好歌都唱出来。我脑子里的歌，有多一半没机会唱出来，以前，老城大饭馆里经常有人家过喜事，木卡姆一唱半个月，全套的木卡姆都能唱完。现在，再热闹的婚礼也是唱半天。况且，你唱的时候别人在忙其他，说话、聊天，没有几只耳朵在真正听，他们要的只是一种声音和热闹，并不在乎你唱什么，你唱得那么投入，嗓子都唱哑了，也没人听见你真正的声音。即使场子上有一千人，你也是在唱给自己听。整套的十二木卡姆埋在一个人心里，库车城里再没有半个月这样的大场子，让你从头到尾，一场一场地把十二木卡姆唱完。木卡姆是一个有生命的东西，它有头，有身体和尾巴，我们现在的演唱，只是看到它的一块肉，几根毛。

吐尼亚孜 13 岁时在老城的一个饭馆当帮工，那时饭馆里经常有木卡姆演唱，吐尼亚孜边洗碗刷盘子边侧着耳朵听，记住了许多木卡姆诗歌。后来他被一个木卡姆师傅发现，收为徒弟，从此开始演唱生涯。

我第一次到吐尼亚孜家采访时，看到这个老艺人正蹲在院子的一角敲打铜壶，院子里养了好多鸽子，还有几只斗鸡。我看了看吐尼亚孜打的壶，手艺还不错。他三五天打一只壶，五十块钱卖给街上的小商铺，商铺卖八十块钱。我给了他二百块钱，让他给我打两个铜壶，吐尼亚孜说要用最好的铜给我打，我问最好的铜是啥铜。就是到供销社买新铜，黄亮的。吐尼亚孜说。我说，我不要新铜，就用你收的旧铜打，越旧越好。我让吐尼亚孜用维吾尔文把"十二木卡姆"字样刻在壶上。吐尼亚孜很聪明，不知从哪找了一块有古老图案的废铜，给我做了把新壶，旧图案正好在壶体正面。我很喜欢。

吐尼亚孜少有笑容，偶尔笑起来像一个孩子，一个 53 岁的老孩子，忘掉眼前一切，忘掉两个没工作要让他养活一辈子的儿子。他的笑像一朵少有的花，在我和他的谈话中，突然地开放一次，很快又消失在那张沉重的面孔里。吐尼亚孜不笑的时候，我就看着他的脸，从这张沉重的被生活压住的脸上，开放出这样天真的笑容是多么不易。

现在，吐尼亚孜死了，他半个月都唱不完的木卡姆歌，被他带到天上唱去了，老城新城的人都再不会听到。那些脑子里装满了历史和故事的老人，在一个个默默死去。只有把一个村庄和解放军的故事记成日记的卡德尔出名了，全村人跟着他得了好处。

祖先坐的驴车

我离开库车时正是晚上十点，隔着火车窗口，看见灯红酒绿的库车新城，看见城外荒野上朝天燃烧的油气火炬，和遍野的灯光火光。这片古老的龟兹大地已经被石油点亮，老城是它最暗的部分，那些街巷里的平常生活，将越来越不被看见。

在库车的几个黄昏，我一个人走到龟兹古渡桥头。我不知道来干什么，仿佛在等一个人。又好像要等的人都来了，全走在街上，坐在街边，却又一个都不认识。我眯着眼睛，等夕阳的光线弱下来，不再耀目，等太阳落到桥西的清真寺后面，等清真寺的影子漫过大桥河滩，我有一种莫名的怅然，又觉得内心充盈，被一个馕填得满满。在夕阳对老城的最后一瞥里，一个人的目光也迟缓地移过街道。什么都不会被照亮。看见和遗忘，是多么的一样。街上只有我一个汉族人，我背着相机，却很少去拍什么，只是慢慢地走、看、闻，走累了蹲在路边，和那些老人们一溜儿蹲着，听他们说话。一句也不懂。在他们眼里，我肯定是一个无家可归的流浪人，天黑了还没找到去处，在街上乱转呢。

记得上次和古丽去热斯坦麻扎（墓地）旁的民居采访，麻扎就堆在头顶，有半个老城大的一片，和民居紧挨在一起。古丽问麻扎边玩耍的孩子，那里面埋着死人，害怕吗？说不怕。为啥不怕？说死人没劲了。死人没劲了，这是孩子对死亡的看法。库车老城还活着，但它也快没劲了。

老城是活的历史。仅有大峡谷、烽火台、苏巴什的库车，是僵死的没有灵魂的。老城里保留着依然鲜活存在的古老生活。一个有老城的城市是幸福的，就像一个有爷爷奶奶的家庭。而老城如果没有了满街的毛驴车，其魅力也会逊色。我这次来，看到老城街上的毛驴车明显少了，取而代之的是一种电瓶三轮摩托车。问知情人，说这是政府提倡的，许多农民也情愿接受。因为三轮车的价格三千多元，不太贵，跑得又快，当地人也愿意坐。不用的时候，停在院子，不像毛驴，用不用都让人养，如今喂毛驴的饲料都贵，人都养不起毛驴了。

但是，还有好多人家习惯养着毛驴，三轮车再好，停在院子也是一个死东西，不像毛驴，会叫，会向主

人打招呼，会用眼睛看人。还有，赶毛驴车不要执照，不用操心驾驶，躺在车上睡着了，毛驴也会把车拉回家。三轮摩托能这样吗？乌恰乡一个农民，开新买的三轮摩托，在公路上打了个盹，就把命送掉了。

再说，毛驴会生小毛驴，不断繁衍。三轮车不会生小三轮车嘛。

老城之老、之旧、之落后、之乱糟糟，也许正是老城的魅力和财富。老城人有必要坐着三轮摩托去追赶这个时代吗？已经追不上了，不如坐在毛驴车上慢悠悠地等，等满世界的毛驴车都换成了汽车，等人们把汽车飞机都坐烦了，等驴和驴车成了这个世界上的珍贵事物。事实上，许多到老城的人，都想坐一坐毛驴车，没有哪个游客对三轮摩托感兴趣。驴车是我们千年前的祖先坐的车，我们还能坐在上面，真是福分。但愿我们不要失去这已经稀有的福分。

  罗玲，出生于上海，美术学博士，师承当代著名画家王孟奇、刘健先生。从事插画、绘本等创意工作二十多年，获陈伯吹国际儿童文学奖插画奖。